Lioba Happel

dement

Lioba Happel

dement

Erzählung

Rimbaud

(Auch ich zögere, in das vereinnahmende «wir» auszubrechen, wenn es um alte Menschen geht. In diesem Buch hat es damit aber seine besondere Bewandtnis.)

Wenn wir alles vergessen haben, zum Beispiel, dass man, wenn die Sonne scheint, sagt, es sei schönes Wetter, und dass man, wenn es regnet, sagt, es sei schlechtes Wetter; wenn wir vergessen haben, wie unser Ehepartner von uns gerufen wurde, der auf Fotos an der Wand hängt und ob das überhaupt unser Ehepartner gewesen ist; wenn wir vergessen haben, wie unsere Kinder und Kindeskinder einmal von uns genannt wurden, die sich auf Stellbildern auf allen Flächen um uns herum zeigen; wenn wir schließlich sogar vergessen haben, wie wir selber heißen, dann sind wir angekommen in der reinen Gegenwart.
Es regnet heute in der reinen Gegenwart. Es regnet, aber wir behaupten, es sei schönes Wetter.
Wir haben Besuch bekommen.

Die ruhige Demenz erinnert sich nicht.
Die unruhige Demenz erinnert sich an etwas, was wir verlässlich vergessen zu haben glaubten.
Zum Beispiel daran, wer wir einmal waren, wenn uns jemand besucht hat.
Am Horizont der ruhigen Demenz, in der Himmel und Meer eins sind, ziehen Wolken auf. Das Eins Sein von Himmel und Meer schwankt.
Besuch...
Wie Seekranke in einem Boot sitzen wir in der ruhigen, dann wieder unruhigen Demenz.

Von Kindesbeinen an waren wir dazu erzogen worden, nicht sitzen zu bleiben, wenn jemand zu uns kommt.
Wir haben gelernt, «Guten Tag» zu sagen.
Wir haben gelernt, die Hand entgegen zu strecken dem, der uns Guten Tag sagt.
Wir bleiben sitzen, wir schauen unser Gegenüber stumm an, wir gleiten mit unserem Blick an ihm ab.
Wir versuchen es von neuem, unseren Besuch fest anzuschauen, wir spannen dabei die Lippen. Wir leiden unter der Anstrengung, jemanden erkennen zu müssen, den wir vergessen haben.
Wir können uns nicht daran erinnern, dass wir diesen Menschen nie gekannt haben.

Freundliche Worte kommen über uns herein.
Wir verstehen die Möwen besser, die draußen vorm Fenster über dem See kreischen.
Wir halten eine Weile still, bis alles um uns herum stumm wird, nicken dann richtig zum Sessel hinüber, und der Besuch nimmt Platz.
Wir sitzen da, wir schauen auf das Spiel seiner Hände, wir schweigen.

Irgendwann steht unser Besuch auf und geht durch die geöffnete Tür in die Küche.
Irgendwann kommt er zurück.
Er bringt uns eine Tasse Tee mit viel zu viel Zucker.
Er meint es gut mit uns und er will es uns, wo es im Moment nichts zu sagen gibt, wenigstens zu schmecken geben.

«Darf ich?»

Wir wissen nicht, was man dürfen soll, da geht der Besuch schon im Zimmer herum und sieht sich alles genau an.

Die Tischwäsche, auf die unsere Generation so stolz war: von eigener Hand noch gestärkt und gebügelt liegt sie hinter den Fenstern des Büffetschranks, als warte sie auf den feierlichen Moment, der sie heraus nimmt, auflegt, die Kerzen anzündet, das Festessen herein trägt für die Besucher, die von allen Seiten herbeiströmen mit blitzenden Gesichtern, um uns, die wir hier sitzen, die Ehre zu erweisen.

Die Kette von Möglichkeiten, die wir einst hatten: Schmuck Gehänge an den Seiten des Kleiderschranks hinauf und hinab. Ohrringe in gläsernen Schatullen. Ringe auf einer Porzellanhand.
Die Wäsche in der Truhe. Die Kleider im Kasten. Die Mäntel an der Garderobe. Die Pullover, die Blusen, die Röcke, die Hosen, die Schuhe… vor langer Zeit nach unserem eigensten Plan geordnet.
Gut haben wir einmal unseren Auftritt in der Welt bedacht!

«Die schönen Sachen sind alt!»
Wer ruft diesen Satz aus unserem Mund?
Wir waren immer auf der Höhe der Zeit.
Wir erinnern uns jetzt: Die Zeit ist über uns hinweg
gegangen.
Wir vergleichen: Wir waren immer so up-to-date.
Wir wissen: Die Mode hat unsere schönen Sachen zu
Plunder gemacht.
Die Zeit hat uns nun einen anderen Auftritt zuge-
dacht.

Der Mann, die Eltern, die Schwiegereltern; die Geschwister, die Kinder, die Kindeskinder – sie winken uns von allen Seiten her zu.
Sepia, Schwarz-Weiß, Bunt, Digital; die Vergangenen, die Gegenwärtigen, die Zukünftigen. Sie halten sich seit Jahren an den Wänden, als warteten sie darauf, uns in der Tiefe des Raumes verschwinden zu sehen, während sie lächeln.
In Wahrheit sind sie es, die fort sind.
Sie tun uns weh. Sie sind fort.
Was haben wir nur getan, dass es uns nicht gelungen ist, sie bei uns zu behalten?

Unser Zeigefinger hebt sich wie ein Kompass. Er zittert.
Wir richten ihn auf eine Frau, die einen Jungen an der Hand hält.
«Das ist Mama!»
Dann bleibt der Finger in der Luft stehen. Jäh bricht der Schmerz wie ein Blitz in die Unterscheidung von Himmel und Meer.
Etwas ist uns misslungen im Deuten.
Das müssen wir selbst sein: diese Frau mit dem Jungen an der Hand.
Wir wissen es wieder: Wir selbst waren einmal ein Mädchen.
Dann kehrt Stille im Gesicht ein. Auch dieser Schmerz ist Erinnerung geworden und wurde als Erinnerung gelöscht.
«Schöne Leute!» rufen wir, um uns aus der Affäre zu ziehen.
Wir schmeißen die Kompassnadel fort, damit wir nicht noch unseren Besuch hinausweisen mit seinen vielen Fragen zu den Zeugen eines von uns gegangenen Lebens.

«Es war einmal...»
Wie ein edel verpacktes Paket ist dieser Satz aus unserem Mund gekommen, als handele es sich um eine alte, vornehme Philosophie, mit der nun auch wir die Welt beschenken dürfen.

«Es war einmal»...
Für die Dauer unserer Bemühungen, den Nachforschungen des Besuchs zu folgen, schirren wir diesen Satz an.
«Es war einmal»...
Wir wiederholen und wiederholen diesen Satz.
Wir haben die Zügel in die Hand genommen für die drei Pferde Vergangenheit, Gegenwart, Zukunft.
Für Momente sind wir wieder Meister der Zeit.

«Il etait une fois…»
Ist dies nicht ein schöner Satz, der hinterher kommt?
«Il etait une fois…»
Wir sind heiter bei diesem Satz.
Wir sind glücklich, ihn sprechen zu können.
Wir wiederholen und wiederholen und wiederholen ihn.
Diesen Satz haben wir gehört in einer Zeit, die lange vorbei ist.
War das Zimmer nicht hell gewesen im internationalen Haus unserer Herkunft?
Hatte sich nicht jemand zu uns gesetzt, uns zu erzählen vom Wundersamen, das sich im Ausland der Vergangenheit einst begab?

Auch das waren wir einmal: dankende Menschen.
Wir wussten zu geben und zu nehmen, zu bitten und zu danken.
Die Stille in uns löscht die Erinnerung an das Danken Müssen wie an das Danken Wollen.
Aber wir bitten auch nicht. Wir bitten um nichts mehr.

Wenn die Bäume am Ufer ihre Blätter ins Wasser
werfen, wo sie eine Weile im Himmel herumtanzen,
ehe sie untergehen, dann ist die Zeit des Abfischens
gekommen.
Wir sitzen am Ufer im Zustand der ruhigen Demenz
und würden gerne nur zuschauen, wie die letzten
Fische zwischen den zappelnden Blättern am Himmel
ins Wasser zurückfallen, aber sie wollen, dass wir was
tun.
Sie drücken uns eine Reuse in die Hand: Abfischen!
Wir sollen abfischen, was in den Gewässern noch lebt,
ehe es neblig und kalt wird, schließlich der Winter
kommt und alles mit seinem Eis zumacht.

Wir sind zu oft ausgeschimpft worden, wenn wir nicht getan haben, was von uns verlangt wurde.
Die etwas von uns verlangen konnten, waren die, denen wir für den Moment nicht zu entkommen wussten.
Ein Riss tut sich auf in unserem Gesicht, scharf wie ein Schmerz, ein Riss und die Zeit tut sich auf, als wir uns tagelang, jahrelang von allen und jedem herumkommandieren ließen.

Wir sitzen hier und man bittet uns, Ereignisse zu besprechen, die längst in uns ihre Sprache verloren haben.
Wir sagen nichts.
Der Besucher hält inne.
Er bemerkt, wir ducken uns; wir bemerken, er duckt sich.

Die Tür geht auf, und Leute, die uns vermeintlich
kennen, treten ins Zimmer.
Sie deuten mit dem Finger auf uns. Sie schimpfen:
«Weißt du nicht, wer wir sind? Du bringst hier ja alles
durcheinander!»
Etwas ist gründlich danebengegangen in unserem
Leben.
Wir haben alles vermasselt.

Wir wissen in diesem Moment nicht einmal mehr unseren Namen, wo sich doch Vater und Mutter so große Mühe gemacht haben, uns beizubringen, wie gleich die ganze Welt heißt.

Die Tanten, die Onkel, die Cousins, die Cousinen, ungefragt betreten sie das Zimmer, brüsten sich mit ihrem Vermögen, herum zu gehen, wie sie wollen, alles zu betrachten, wie es ihnen passt, sich über uns zu äußern, wie es ihnen in den Sinn kommt.
«Berta!»
Abgefischt dieser Name – aus welcher Tiefe des Wassers?
Woher dieser Name aus unserem Mund?
«Wer ist Berta?»
«Berta soll weg!«
«Wer ist Berta?»
«Berta ist… – Basta!»
«Berta, raus hier!»
Wir lehnen uns zurück.
Wir spüren, unser Besuch triumphiert.

Was hat uns daran so gefallen, dass es von alleine aus dem Mund herauskommt, «Das Lied von der Traudl»?
Wir summen, und unser Besuch summt gleich mit. Er kennt das Lied aus dem Kindergarten.
Aus weiter Ferne ist das Lied von der Traudl ganz nah zu uns gekommen und hat uns froh gemacht.
Ein Sonnenstrahl fällt durchs Fenster, das Lied von der Traudl blüht auf.
«Wer ist Traudl?»
Wir wissen es nicht.
Jetzt wo wir Traudl ganz vergessen haben, wissen wir aber genau, dass sie es einmal gut mit uns gemeint hat.

Nach kurzem Nachdenken finden wir den Namen des Mannes, den wir einmal geliebt haben.
Dass wir viele Jahre verheiratet waren, sieht man am spindeldürr gewordenen Ring am gekrümmten Finger, der einmal zu der glatten jungen Hand gehört hat, um die er einst anhielt.

Wie viele Kinder wir hatten?
Wir werfen die Hand hoch.
Ob wir gearbeitet haben?
Wir schweigen.
Was?
Wir nicken.

Wie alt sind wir?
Mit allen zehn Fingern rechnen wir nach.
Irgendwie werden wir schon was sein an Jahren.
Alt geworden sind wir.
Euer immerwährendes Fragen…

Euer Interesse an uns ehrt und schreckt uns, wir wissen nicht, wer wir sind und was mit uns geschehen ist, wir wissen nicht, wer wir waren; wir würden es gerne begreifen.
Wie in die Zukunft zu blicken, ist es für uns, wenn wir in die Vergangenheit schauen.
Man könnte uns genauso gut eine Kristallkugel für die Vergangenheit in den Schoß geben!
Unser Gegenüber lächelt, wir lächeln mit.

Ob wir gereist sind?
Wir sind immer gereist.
Wir waren immer auf einem Schiff.
Reisen, das ist Schiff fahren nach Afrika, in die Savanne, dem Löwen entgegen.
Alle waren auf dieser Reise dabei, auch die Kinder und Kindeskinder, alle waren um uns herum.

Ob wir Angst vor dem Tod haben…?
Wir spüren, dass man uns diese Frage nicht stellen wird.

«Nein!»
Woher kommt dieses Wort geschossen als Hai aus den Tiefen des Meeres?
«Kartoffelbrei nicht!»
Wir schleudern dies als Fontäne in den Himmel.
Warum ist es uns ein Leben lang nicht gelungen, Kartoffelbrei nicht zu essen?!
Da fliegt er jetzt in die Luft, der verhasste Brei, der Mama im Himmel ins Gesicht.

Vielleicht wird alles wieder gut.
Vielleicht kommen Vater und Mutter zurück, verzeihen uns, nehmen den Löffel erneut in die Hand, flüstern: «Ich will, weil ich muss!»
Vielleicht wird alles wieder gut.
Wir haben den Brei gegessen, es gab auch Braten und Salat dazu und Schokoladenpudding zum Nachtisch. Wir haben wirklich alles aufgegessen, aber nur, weil wir jetzt folgsam sein und den Brei mit allem Drumherum aufessen wollten.

«Ich will den Brei zweimal!»
Alles wird gut.
Wir werden gelobt von allen Seiten. Es beginnt wieder von vorne, unser Leben. Ich will, weil ich muss, und diesmal strengen wir uns ganz besonders an und essen langsam eine Kilometer lange Reihe von Tellern mit Brei leer und wir werden darüber müde...

… und wir schlafen vor lauter erhorchtem Lob ein, das noch freudig in der Luft schwebt, wenn wir schon träumen.

«Es ist ein Junge!»

Wir fahren hoch und wir lachen über so viel Lob von allen Seiten

Haben wir geträumt?

Nichts haben wir geträumt.

Müssen wir uns denn auch noch daran erinnern, wir hätten geträumt, einen Jungen auf die Welt gebracht zu haben, der jetzt an der Wand hängt als alter Mann?

Wir wollen Lob hören, weil wir essen und trinken.
«Prima», wenn wir gegessen haben.
«Gut», wenn wir getrunken haben.
«Wunderbar», dass wir unser ganzes Leben lang taten, was wir tun mussten.
«Ganz ausgezeichnet», dass wir so brav waren und lebten.

Wir sind froh, wenn unsere Verwandten, die hereingeschneit kommen, um uns auf die Schnelle guten Tag zu sagen, den weiten Blick aus den Fenstern unseres Wohnzimmers auf den See nicht verstellen mit ihren unruhigen Augen.
Ihre Lider wackeln, als seien sich die Augen nicht sicher, ob sie in unsere oder nicht lieber in ganz andere Räume blicken wollen.
Wir verachten sie nicht.
Jenseits des Dankens gibt es keine Verachtung.
Uns ist der Hochmut fremd.
Aber wir spüren Verstimmung wie ein schwarzes Netz, das von innen her in uns hochgeworfen wird, getrieben von Wut, die jetzt in den Raum kommt.
Unser Blick flackert nun auch, dann aber richtet er sich stur in die Weite des Himmels vorm Fenster, wirft Anker im Fort Sein.

Eben noch wussten wir für die Färbung einer Sekunde, was uns so tief verletzt hat, nun sind wir augenblicklich erschöpft.

Die Frau an der Seite des Neffen, von dem wir meinen, wir hätten ihn einmal sehr gut gekannt, ist bemüht.
Es ist eine alte Domäne, in der sie sich positioniert: Wird der, der «unser Neffe» heißt, ungeduldig mit seinen Blicken, dann wird die, die «seine Frau» heißt, ganz ruhig.
Ein uralter Rest Tugend, die Alten zu schützen und die Neugeborenen zu bergen, in ihr: Sie hebt die Hand, sie gebietet Einhalt, sie schafft Balance.
Manchmal ist es auch umgekehrt, und die Frau ist gehetzt, während der Mann ruhig wird, von den unruhigen Gebärden notloser Not ablässt, die sich erst löst, wenn beide aufstehen, sich zum Gehen fertig machen, weil sie «keine Zeit» haben, «nur kurz vorbeischauen wollten», – um zu sehen, ob wir noch leben.

«Wie geht es Marie?» rufen wir, schlagartig wach, den Scheidenden hinterher.

Sie drehen sich erstaunt um.

«Marie? Gut wieder!»

«Wie geht es Marie?»

«Gut doch!»

«Wie geht es Marie?»

«Gut!»

«Wie geht es Marie?»

Sie öffnen die Tür kopfschüttelnd.

«Wie geht es Marie?»

Dies wäre ein Spiel, mit dem wir uns die Zeit vertreiben könnten:
Ihr freut euch hundertmal über unsere immer gleiche Frage nach Maries Befinden.
Wir freuen uns hundertmal über eure immer gleich gute Antwort.

Ihr habt «keine Zeit» mehr, ihr sagt «wir müssen».
«Was?»
«Wir müssen wirklich.»
«Wohin?»
«Eine Weltreise vorbereiten.»
Da zieht doch hinaus zu euren Abenteuern.
Meldet euch gleich auch zur Fahrt auf den Mond an.
Hier bei uns, wenn ihr es eine Weile aushieltet, könntet ihr einmal kopfüber durchs Weltall und quer wieder zurück.

Eure Kränkung hat uns hinter Gitter gebracht.
Lange dauert es, bis wir aus dem Gefängnis der Wut
wieder frei sind.
Wir sehen eine Weile ganz bleich aus vor Gefühlen,
die wir so schnell nicht vergessen können, weil sie uns
noch lange wehtun.
So zieht denn dahin in eure Expeditionen des Ich.
Kaum ist die Tür hinter euch zu, haben wir vergessen,
dass ihr einmal um die ganze Welt wollt.
Wir haben sogar vergessen, dass ihr hier wart.

Wenn ihr uns einmal in Ruhe in die Augen gesehen
hättet, hätten wir uns vor euch verneigen können.
Wir hätten euch zu dem gemacht, was ihr auf dem
Mond nicht sein könnt.
Für einen kurzen Moment wärt ihr Könige geworden,
Souveräne des Augenblicks.

Ein Blumenstrauß bleibt im Zimmer zurück in allen tulpenmöglichen Farben; eine davon ist fast schwarz.

Wir haben uns unserer Verwandtschaft entledigt. Wir haben sie von den Schultern genommen wie ein alt gewordenes, selbst gestricktes Tuch, das wir, kaum wart ihr draußen, heruntergezogen und auf den Boden geworfen haben.

Der Besuch springt herbei, hebt das Tuch auf, reicht es uns.
Wir strafen ihn mit einem einzigen Blick.
Wir befehlen ihm hart mit der Hand, sich zu setzen.
Wir schreien mit aller Kraft, die wir im Handumdrehen aus allen Regionen unseres Körpers zusammengetrommelt haben: «Nein!»

Das Tuch ist erschrocken fallen gelassen worden.
Wir sind aufgebracht.
«Hinsetzen!»
Das Anschreien, das wir von unseren Eltern erfahren und an unsere Kinder weiter gegeben haben, das Anschreien, was wir jetzt unserem Gegenüber ins Gesicht schleudern, macht ihm die Wangen rot vor Scham über sich selbst: geglaubt zu haben, wir seien demente Engel.

Der Besuch setzt sich. Er zittert. Er ringt um Fassung. Es scheint ihm in solchen Momenten einzufallen, den Fernseher anzuschalten.

Rätselraten auf allen Kanälen.
Einer steht vor einem Halbrund und fragt Leute, die vor ihm aufgereiht sind.
Wir fischen ein Wort ab: «Manege!»
Unser Besuch blickt jetzt auf, sein Gesicht blitzt:
«Einer steht als Dompteur in der Manege und wirft Fragen wie Fressen vor die Leute.»
Wir haben uns wieder beruhigt, es interessiert uns.
«In Afrika?» fischen wir nach.
Unser Gegenüber klatscht in die Hände.
Ein Laut entsteht, der erschreckt.

Der Besuch schaltet um.

«Bild» sagen wir.

Der Besuch nickt.

«Luftballon.»

Nickt.

«Frau mit Frisur.»

«Eine Frau mit schöner Frisur hält auf einem Bild im Fernsehen einen roten Luftballon in der Hand.»

«Warum?»

«Eine Botschaft.»

«Ich verstehe es nicht.»

«Ich auch nicht.»

Der Besuch schaltet um.
«Wallfahrt.»
Wir verstehen es nicht.
Schaltet um.
«Sieben Worte…»
Wir verstehen es nicht.
Schaltet um.
«Die Schlachten und die Todesarten, die Hochzeiten
und die mit Gütern beladenen Schiffe.»
Wir verstehen es nicht, aber es interessiert uns.
Dann ist der Besuch still.

Ein Schatten Verlassenheit im Gesicht unseres Besuchs, wie er da vor dem Fernseher sitzt und nicht mehr weiter weiß.
«Schön», sagen wir, vielleicht, um zu trösten.
«Ein schöner Luftballon.»
Schweigen.
«Ein schönes Schiff. Eine schöne Botschaft.»
Der Besucher hat das Gesicht in die Hände genommen, die Arme stützen sich auf die Knie.
«Fernsehen macht dumm», sagen wir.
Wir triumphieren.
Abgefischt dieser Satz.

Der Besuch schaltet den Fernseher aus und Afrika ist weg, die Manege ist weg, die Leute mit den Fragen sind weg, die Frau mit Frisur mit dem roten Luftballon auf einem Bild mit der Botschaft ist weg.
Die Musik ist weg. Die Kriege, die Schlachten, die Schiffe, die Hochzeiten sind weg.
«...die Eispole...» sagt der Besuch.
Er greift nach einem Buch, das auf dem Tisch liegt. Er öffnet es. Er zeigt uns eine Seite, auf der ein Hund um Schafe herum rennt, ein Mann mit Hut steht daneben.

Wir erkennen das Bild «Schafe».
Wir erkennen das Bild «Mann«.
Wir erkennen das Bild «Hut».
Wir erkennen das Bild «Hund».
Wir sehen hin, wir schauen an, wir verstehen genug,
um zu verstehen, dass wir nichts verstehen.
Aber wir zucken plötzlich zusammen, wir begreifen
zum ersten Mal in unserem Leben das Wort: «Schafe».
Und richten uns schlagartig auf.
Wir sind aufgeregt wegen etwas, was wir jetzt wissen:
Wie es ist, sich nicht wehren zu können und deshalb
herumgetrieben zu werden von einem Hund.

Die hilflose Berührung unserer Hand durch die Hand
des Besuchs ist uns zuwider.
Wir müssen sie zurückweisen.
Wir werfen die Hand hoch, um die Kralle des fremden
Vogels zu verscheuchen.

Aura der Kälte, abgefischt aus einer Zeit, als Berta noch da war, Berta, die jede Berührung verscheucht hat, weil sie glaubte, jemand wolle ihr Herz rauben, das sie längst zugesperrt, sicher gemacht hatte, ihr hochmütiges Herz aus reinstem Gold, das sie niemandem zeigte, so groß war der Schatz, tief hinab gesunken in ihre Brust, dass sie den Schatz hüten zu müssen glaubte bis in den Tod.

Wir stehen auf, wir wanken, wir tappen fort.
Unser Besuch stürzt herbei.
«Ich will heim!»
Unser Besuch führt uns zum Stuhl zurück, wir bleiben beide stehen.
«Ich will heim!»

Der Besuch beginnt im Stehen in langsamen Worten
zu sprechen.
Er erzählt, wie er sich als Kind verlaufen hat.
Was ist «sich verlaufen?»
Wie er die Richtung verlor.
Was ist «Richtung»?
Wie er sich in einer hohen Wiese wieder gefunden hat,
weit draußen vorm Ort.
Wir verstehen es nicht, aber es interessiert uns.

Es ist Sommer, Schmetterlinge tanzen über die Wiese.
Das Kind lacht.
Das Kind vergisst Ort und Zeit.
Auf einmal erschrickt das Kind, Tränen treten ihm in die Augen.
Die Käfer kommen, um es zu fressen.
Die Ameisen krabbeln herbei, um es zu vergiften.
Halme und Gräser wackeln gefährlich.
Die Schmetterlinge beginnen hämisch zu grinsen.
Die Halme verhauen das Kind mit ihren scharfen Schwertern.
Die Blumen ersticken es mit ihrem Blütenstaub.
Da begreift das Kind, dass dies ein falscher Ort ist, an den es geraten ist.
«Ich will heim!» schreit das Kind.

Wir setzen uns nicht.
Wir stehen noch immer.
Wir sehen uns auf gleicher Höhe direkt in die Augen.
«Das Kind»... sagen wir und heben die Hand
deutend...
Und lassen sie fallen...
Und vergessen und heben sie wieder...
«Das Kind»...
«Will heim»...

«…Warum heim?»

«…Was ist heim?»

«...Wo ist daheim?»

«Ich muss die Mama fragen, die weiß es.»

Wir setzen uns wieder.
Auch unser Besuch setzt sich.
«Ich will heim!»
Noch einmal halten wir diesen Satz hoch wie einen traurig an der Angel hängenden Fisch, der mit seinen Glotzaugen leer in den Raum blickt.

Das Schlafen bei Tage ist uns die Rettung geworden
vor dem Blick ins Leere.
Kaum sind wir eingeschlafen, werden wir wach.
Wir reiben die Augen tief in die Höhlen, wo sie viel-
leicht die Dinge wieder finden, wie sie zu sein haben.

Tisch. Stuhl. Schrank. Kommode.
Warum sehen sie uns an, als wollten sie mit uns nichts mehr zu tun haben?
Sie ziehen sich ins Sterben zurück, nicht wir!

Einmal war die Welt nicht verstellt von Dingen, die fremd im Zimmer waren und ihre Namen vergessen hatten. Von Tischen und Stühlen, deren Umfang wir jedes Mal neu abschätzen müssen mit den trübe gewordenen Augen, wenn wir ein wenig herumgehen.
Einmal hatten unsere Körper selbst die Dinge vermessen, ihre Maße sich einverleibt.
Jetzt sind wir in einer anderen Epoche unseres Lebens:
Die Dinge um uns herum können böse werden.
Sie können über unsere Körper herfallen.
Nun müssen wir inmitten der fremden gefährlichen Dingen um uns herum still halten, wir dürfen sie nicht aufregen!

Wir haben offene Beine, weil wir an Tischkanten gestoßen sind.
Wir haben Beulen, weil wir Stühle missachtet haben.
Wir haben schlecht verheilte Knochenbrüche, weil wir über Papierschnipsel am Boden gestolpert sind.

«Ein Leben in der Fremde...»
Wir begreifen es wohl.

Das Schlafen bei Tag ist das Einknicken in den Schutz
vor der Leere.
Wie wollüstig ist dieser Schlaf, der die Angst wegnimmt.
Wir nehmen für eine Weile Urlaub.

Und fahren mit einem Ruck hoch, weil wir geträumt haben, dass wir noch hier sind.

Tot sein, das kann nur das ruhige Daliegen sein, und die Menschen und Dinge und Träume halten den Mund.

Wir müssen mit dem Tod nicht mehr verhandeln, ganz sicher nicht aufgeregt sein.

Wir müssen mit ihm nicht mehr um Zeit feilschen.

Beinahe warten wir auf ihn.
Beinahe freuen wir uns auf ihn – aber nicht besonders.

«Ich weiß nicht, was da passiert, passiert zum allerersten Mal in meinem Leben mit mir.»
Der Besucher flüstert diesen Satz vor sich hin.
Die Mutter des Besuchs hat diesen Satz gesagt, zwei Tage bevor sie gestorben ist.
Es interessiert uns.

«Wirklich Rousseausches Erleben ist», denkt unser Besuch, «dieses Sterben».

Wir staunen nicht wenig, dass etwas in uns sich zurückzieht, was uns jahrzehntelang antrieb.

Und wieder eingenickt.
«Was gibt's Neues?» – in diesen Satz hineingefallen wenig später beim Aufwachen.
Unser Gesicht schmerzt vor Müdigkeit, wieder da zu sein.
Das Neue ist: Das Leben mit seiner Aufregung lässt von uns ab, also auch der Tod mit seinen Schrecken.

Auf diesem blanken Feld sind wir im Augenblick befangen.
Wir heben den Blick und schauen in eine grau werdende Welt.
Niemand kommt auf die Idee, das Licht anzumachen.

Wir haben die Zeit.

Wir horchen auf die Zeit, im Schweigen im ganz Alleinsein hören wir in die Zeit, legen uns wie Schwimmer auf die Wellen der Zeit, rückwärts mit geschlossenen Augen, nach vorne ausgestreckt, das Gesicht in den Wellen der Zeit, zur Seite geneigt, in ihr.

Eine Bewegung des Leibes in den Wellen der Zeit und die Zeit umhüllt uns und lobt uns und trägt uns und will uns und behütet uns und wir haben verstanden: Je tiefer sie ist, desto erhabener ist ihr Raum.

Wir schauen die Zeit, sie ist ewig.
Wir riechen die Zeit, sie riecht frisch und jeden Tag neu.

Die Verpuppung der Ewigkeit in die Unendlichkeiten der Ewigkeiten, an deren Ende und Anfang wir sind.

Wir sind die Weisen: Wir leben, weil wir sind.

Kaum irdisch gezeugt, sind wir.
Kaum zum Sterben gekommen, sind wir.

Als wir auf die Welt kamen, hieltet ihr für einen
Moment inne.
Ihr wart überrascht, ihr wart erfreut, dass das Leben
kam und jetzt da ist.
Warum freut ihr euch nicht über uns, dass das Leben
kam und noch da ist?

Die Zeit hat keine Uhren.
Der Besuch wird unruhig, im Halbdunkel sitzt er, er greift nach der Zeitung.

«Heute wurde der erste Nobelpreis des Jahres verliehen.»
Wir hören zu.
«Für Physik.»
Wir verstehen es nicht, aber es interessiert uns.

Der kleinste Antrieb des Seins, seine Finder wurden
geehrt.
Wir verstehen es nicht, aber es interessiert uns.

«Sind wir da auch mit dabei?»

«Wobei?»

«Beim großen Preis?»

Unser Gegenüber überlegt eine Weile.

«Ja» sagt er.

«Ich werde dort anrufen», sagt unser Besuch.

«Warum?»

«Ich werde einen Preis anfordern.»

«Ich verstehe es nicht.»

«Ich werde den Nobelpreis für Geduld anfordern.»

«Für wen?»

Der Besuch deutet auf uns.

«Sagen Sie mir, was die geantwortet haben?»

Und dann sitzen wir wieder da, sitzen wir fest, schwer in unserem schwankenden Boot.
Wir stöhnen ein wenig, wir ächzen ein wenig, jetzt, wo es dunkel wird, jammern wir wie der Wind, der über den See streicht.

Besucher muss man leise anlächeln in großer Freundlichkeit.

Nun schmecken wir wieder die Zeit, sie schmeckt wie
das Räderwerk einer Uhr.
Die Nacht kommt.
Wir spucken ins Taschentuch einen metallischen
Geschmack.

Die Zeit des Besuchers ist um.
Während man uns die Hand gibt, haben wir schon
vergessen, dass jemand da war.

Man geht zur Tür.
Wir bleiben.
Wir bleiben so lange, bis niemandem mehr etwas zu uns einfällt, weil wir schon lange tot sind.

…und unser Besuch jetzt selbst in einem Stuhl sitzt…

…er wendet sich noch einmal um…

…reibt sich die Augen und für den Moment einer Erinnerung…

…denkt er an uns, weiß wieder, dass er einmal bei uns zu Besuch war…

…und dann schüttet uns das Wasser des Vergessens in ihn…

… und wir treiben hinab mit unserem Leben und mit den Kriegen und Schlachten und Luftballonen und mit den Hochzeiten und Schiffen und Möwenschreien und mit den Eis Polen und Wallfahrten und Todesarten und mit allen Geburten und Schrecken und mit der Musik und den unverstandenen Botschaften und mit den Menschen und Tieren und Pflanzen und mit den Abenden und Morgen und den Nachmittagen und Mitternächten in unserem Leben und wir treiben hinab ins Große und Ganze, wir sind die Teilchen; Gottesteilchen vielleicht sind wir.

*«We are such stuff as dreams are made on
And our little life is rounded with a sleep»

W. Shakespeare, Der Sturm. (Übers. v. L. H.)

Jede Ähnlichkeit der in dieser Erzählung vorkommenden Figuren mit real existierenden Personen wäre rein zufällig und ist in keiner Weise beabsichtigt.

Lioba Happel im Rimbaud Verlag

Die Feindin
Erzählung
Rimbaud-Taschenbuch Nr. 87
70 S., brosch., 2014
ISBN 978-3-89086-404-4

Als ich letztes Jahr in Berlin «Medea» sah, fühlte ich mich in meiner Vermutung bestätigt, dass «die betrogene Frau» ein Archetyp ist, der eine Stimme in uns hat. Ich holte meinen Text «Die Feindin» aus der Schublade und begann ihn vorsichtig zu bearbeiten ... und er sprach zu mir von diesem mörderischen, jahrtausendealten Schmerz, den Liebende in sich tragen; in den die, die sich verraten fühlen, hinabmüssen, wenn sie sich selbst in ihrer Nieder-Lage besiegen wollen. Insofern hat dieses Buch mit jedweder Biographie nichts zu schaffen.

Lioba Happel, geboren und aufgewachsen in Franken, studierte in Berlin Sozialarbeit, Pädagogik, Ältere und Neuere deutsche und spanischsprachige Literatur. Für ihre Veröffentlichungen, Lyrik und Prosa, erhielt sie zahlreiche Preise und Stipendien. Um immer schreiben zu können, arbeitete sie in Brotberufen an verschiedensten Stellen, v.a. in Schulen. Sie lebt in Lausanne und Berlin.

Bernhard Albers im Rimbaud Verlag

Ich ist ein anderer
Rimbaud · George · Fichte
20 Abb., 64 S., Klappenbrosch., 2012 ISBN 978-3-89086-458-7

Michael Guttenbrunner oder Die Legende von seinem Widerstandskampf gegen das Hitlerregime
Mit einem Text von Reinhard Kiefer
10 Abb., 44 S., Klappenbrosch., 2012 ISBN 978-3-89086-462-4

Michael Guttenbrunner
Ein Autor verschwindet
Ein Traktat
Rimbaud-Taschenbuch Nr. 81
50 S., brosch., 2013 ISBN 978-3-89086-432-7

Michael Guttenbrunner posthum rehabilitiert?
Rimbaud-Taschenbuch Nr. 85
44 S., brosch., 2014 ISBN 978-3-89086-394-8

Echnaton als Künstler
oder Das Triptychon von Heinz Kreutz
Versuch einer Annäherung (Über Malerei Bd. 8)
32 meist farb. Abb., 64 S., Klappenbrosch., 2011
ISBN 978-3-89086-508-9

Echnaton. Der Untergang einer Familie
Ein Essay
Rimbaud-Taschenbuch Nr. 83
48 S., brosch., 2013 ISBN 978-3-89086-453-2

Reinhard Kiefer im Rimbaud Verlag

Café Moka
Nachschreibungen zu Agadir
Rimbaud-Taschenbuch Nr. 22/23
144 S., fadengeh. Brosch., 2003 ISBN 978-3-89086-685-7

Ein Geheimnis in Oberwald
Geschichte
Rimbaud-Taschenbuch Nr. 55
100 S., brosch., 2006 ISBN 978-3-89086-665-9

Ich ist ein Wesen, das verschwindet
Über Reinhard Kiefer
Rimbaud-Taschenbuch Nr. 62
9 Abb., 168 S., fadengeh. Brosch.,
2008 ISBN 978-3-89086-544-7

Marokkanische Geschichten
Mit einem Text von Mohammed Khallouk
und Fotos von Abdurrahman Mercan
11 farbige Abb., 64 S., geb., 2011 ISBN 978-3-89086-489-1

Halbstadt
Roman
372 S., geb., 2. Aufl. 2013 ISBN 978-3-89086-648-2

Die Goldene Düne
Marokkanisches Tagebuch 1983–2013
3 Abb., 168 S., fadengeh. Klappenbrosch., 2014
ISBN 978-3-89086-434-1

Rimbaud Taschenbuch

Nr. 1 Friedrich Kröhnke: *Murnau*. Eine Fahrt. 72 S., brosch., 2001. ISBN 978-3-89086-722-9

Nr. 2 Arthur Rimbaud: *Ein Aufenthalt in der Hölle.* 76 S., brosch., 2001. ISBN 978-3-89086-874-5

Nr. 3 Wieland Schmied: *H. C. Artmann*. Erinnerungen und Essays 80 S., brosch., 2001. ISBN 978-3-89086-727-4

Nr. 4 Reinhard Kiefer: *Thomas Mann*. Letzte Liebe. 64 S., brosch., 2001. ISBN 978-3-89086-729-8

Nr. 5/6 Dagmar Nick: *Sizilien*. 288 S., fadengeh., 2002. ISBN 978-3-89086-739-7

Nr. 9 Wieland Schmied:*Erinnerungen an Ezra Pound* (1885–1972) 68 S., brosch., 2002. ISBN 978-3-89086-719-9

Nr. 10 Paul Celan: *Gespräch im Gebirg*. Mit einem Kommentar von Theo Buck. 60 S., brosch., 2002. ISBN 978-3-89086-744-1

Nr 11 Hubert Fichte: *Jean Genet. Ein Interview*. Mit einem Text von Mohamed Choukri. 66 S., brosch., 2002. ISBN ...-717-5

Nr. 12 Michael Guttenbrunner. *Im Machtgehege VI*. Prosa. 60 S., brosch., 2002. VERGRIFFEN. ISBN 978-3-89086-718-2

Nr. 13. Heinz Kreutz: *Interview*. mit Kirsten Kretschmann-Muche. 84 S., brosch., 2003. ISBN 978-3-89086-706-9

Nr. 14/15 Paul Schuster: *Huftritt*. Erzählungen. 160 S., fadengeh., 2003. ISBN 978-3-89086-701-4

Nr. 16 Reinhard Kiefer: *Gottesurteil*. Paul Wühr und die Theologie. 80 S., brosch., 2003. ISBN 978-3-89086-702-1

Nr. 17/18 Wieland Schmied: *Die schwierige Schönheit*. Ezra Pound und die bildende Kunst. 124 S., brosch., 2003. ISBN ...-705-2

Nr. 19 Eva Hesse: *Vom Zungenreden in der Lyrik*. Autobiographisches zur Übersetzerei. 80 S., brosch., 2003. VERGRIFFEN. ISBN 978-3-89086-683-2

Nr. 20/21 Olga Martynova: *Wer schenkt was wem*. Besprechungen. 1999–2003. 160 S., fadengeh., 2003. ISBN 978-3-89086-686-4

Nr. 22/23 Reinhard Kiefer: *Café Moka*. Nachschreibungen zu Agadir. 144 S., brosch., 2003. ISBN 978-3-89086-685-7

Nr. 24/25 Dagmar Nick: *Götterinseln der Ägäis*. Naxos. Paros. Mykonos. Delos. Sifnos. Thera. 300 S., brosch., 2005. ISBN 978-3-89086-649-9

Nr. 26/27 Franz Joachim Behnisch: *Blumenkorso oder das Jahr 37*. Prosa. 192 S., fadengeh., 2004. ISBN 978-3-89086-669-7

Nr. 28 Wieland Schmied: *Begegnung mit Samuel Beckett in Berlin*. 72 S., brosch., 2006. ISBN 978-3-89086-681-9

Nr. 29 Georges Rodenbach: *Brügge – Die Tote*. 104 S., brosch., 2005. ISBN 978-3-89086-915-5

Nr. 30/31 Robert Flinker: *Fegefeuer*. Roman. 172 S., brosch., 2005. ISBN 978-3-89086-675-8

Nr. 32 Jacob Klein-Haparash. *Das Mädchen aus dem Souterrain*. Romankapitel. 84 S., brosch., 2005. ISBN 978-3-89086-643-7

Nr. 33 Hubert Fichte: *Lustverlust*. Ansichten eines alten Mannes 1972–1982. 84 S., brosch., 2007. ISBN 978-3-89086-642-0

Nr. 34/35 Klaus Siblewski: *Die diskreten Kritiker*. Warum Lektoren schreiben – vorläufige Überlegungen zu einem Berufsbild. 176 S., brosch., 2005. ISBN 978-3-89086-640-6

Nr. 36 Emil Barth: *Das verlorene Haus*. Eine Kindheit. 150 S., brosch., 2006. ISBN 978-3-89086-676-5

Nr. 37/38 Jan-Frederik Bandel. *Signierte Wirklichkeit*. Zum Spätwerk Arno Schmidts. 226 S., brosch., 2005. ISBN ...-631-4

Nr. 39/40 Christian Teissl: *Wege ins Ungereimte*. Zur Lyrik Michael Guttenbrunners. 250 S., brosch., 2005. ISBN 978-3-89086-630-7

Nr. 41 Perikles Monioudis: Im Äther / In the Ether. (Zweisprachige Aus gabe deutsch – englisch) 132 S., brosch., 2005. ISBN 978-3-89086-628-4

Nr. 42 Jan-Frederik Bandel: (Hrsg.) *Tage des Lesens*. Hubert Fichtes Geschichte der Empfindlichkeit. 160 S., brosch., 2006. ISBN 978-3-89086-600-0

Nr. 43 Christoph Leisten. *Marrakesch, Djemaa el Fna*. Prosa. 80 S., brosch., 2005. ISBN 978-3-89086-611-6

Nr. 44 Michael Fisch: *Gesten und Gespräche*. Über Hubert Fichte. 128 S. brosch., 2005. ISBN 978-3-89086-615-4

Nr. 45 Heinz Kreutz: *Holzschnitte*. Werkverzeichnis 1960–1989. 128 S., brosch., 2006. ISBN 978-3-89086-599-7

Nr. 46 Paul Schuster: *Fünf Liter Zuika. Roman.* Zweiter Teil: *Das Ansehen.* 252 S., brosch., 2006. ISBN 978-3-89086-592-8

Nr. 47 Paul Schuster. *Fünf Liter Zuika. Roman.* Dritter Teil: *Die Krise.* 146 S., brosch., 2006. ISBN 978-3-89086-593-5

Nr. 48 Paul Schuster. *Fünf Liter. Zuika. Roman.* Vierter Teil: *Der neue Käse.* 176 S., brosch., 2006. ISBN 978-3-89086-594-2

Nr. 49 Paul Schuster. *Fünf Liter. Zuika. Roman.* Fünfter Teil: *Das Gymnasium.* 200 S., brosch., 2007. ISBN 978-3-89086-595-9

Nr. 50 Paul Schuster. *Fünf Liter Zuika. Roman.* Sechster Teil: *Villa Zank.* 164 S., brosch., 2007. ISBN 978-3-89086-596-6

Nr. 51 Paul Schuster: *Fünf Liter Zuika*. Roman. Siebenter Teil: Der Krieg. 200 S., brosch., 2007. ISBN 978-3-89086-597-3

Nr. 52 Ákos Györffy: *Aus Akutagawas Notizblock*. 80 S., brosch., 2006. ISBN 978-3-89086-598-0

Nr. 53 Perikles Monioudis. *Der Günstling der Gegenstände*. Erzählung. 80 S., brosch., 2006. ISBN 978-3-89086-617-8

Nr. 54 Georg Britting: *Die kleine Welt am Strom*. Erzählungen und Gedichte. 92 S., brosch., 2006. ISBN 978-3-89086-588-1

Nr. 55 Reinhard Kiefer: *Ein Geheimnis in Oberwald*. Geschichte. 100 S., brosch., 2006. ISBN 978-3-89086-665-9

Nr. 56 Jacob Klein-Haparash: *Die Wette*. 232 S., brosch., 2007. ISBN 978-3-89086-582-9

Nr. 57 Peter Horst Neumann: *Die Rettung der Poesie im Unsinn*. Über Günter Eich. 244 S., brosch., 2007. ISBN ...-578-2

Nr. 58 Margot Ehrich. *Mädchenlied.* Erzählungen. 112 S., brosch., 2007. ISBN 978-3-89086-569-0

Nr. 59 Elisabeth Axmann: *Fünf Dichter aus der Bukowina.* Rose Ausländer; Paul Celan; Alfred Kittner; Alfred Margul-Sperber; Moses Rosenkranz. 140 S., brosch., 2007. ISBN ...-561-4

Nr. 60 Dagmar Nick: *Rhodos, erinnert.* Reiseliteratur. 248 S., brosch., 2007. ISBN 978-3-89086-557-7

Nr. 61 André Breton. *Bindestrich.* Texte 1954–1965. 130 S., brosch., 2008. ISBN 978-3-89086-545-4

Nr. 62 Bernhard Albers (Hrsg.) *Ich ist ein Wesen, das verschwindet.* Über Reinhard Kiefer. 9 Abb., 168 S., brosch., 2008. ISBN 978-3-89086-544-7

Nr. 63 Alfred Kittner: *Erinnerungen an den jungen Paul Celan. sowie Die Briefe an Curd Ochwadt.* 96 S., brosch., 2008. ISBN 978-3-89086-551-5

Nr. 64 Reinhard Kiefer: *Die Gedichte Ernst Meisters.* 2014. ISBN 978-3-89086-542-3

Nr. 65 Rainer Guldin: *Spiegelgeschichten.* Zu Hubert Fichtes und Hans Henny Jahnns Thomas Chatterton. 152 S., brosch., 2010. ISBN 978-3-89086-961-2

Nr. 66 Margot Ehrich: *Komm nach Madagaskar.* Erzählungen. 116 S., brosch., 2008. ISBN 978-3-89086-539-3

Nr. 67 Heinz Kreutz: *Erinnerungen an Stalingrad.* 14 Abb., 84 S., fadengeh. brosch., 2008. ISBN 978-3-89086-537-9

Nr. 68 Bernhard Albers: *Dichtung und Wahrheit.* Versuch über Michael Guttenbrunner. 72 S., brosch., 2010. ISBN …-497-6

Nr. 69 Ulisse Dogà: *«Port Bou – deutsch?».* Paul Celan liest Walter Benjamin. 152 S., brosch., 2009. ISBN 978-3-89086-519-5

Nr. 70 Ilana Shmueli: *Zeitläufe.* Ein Brief. Mit einem Vorwort von Rob Riemen. 100 S., brosch., 2009. ISBN 978-3-89086-518-8

Nr. 71 Rose Ausländer – *Hans Bender: Briefe und Dokumente 1958–1995.* Hrsg., Vor- und Nachwort von Helmut Braun. 168 S., fadengeh. Brosch., 2009. ISBN 978-3-89086-517-1

Nr. 72 Wieland Schmied: *Ein Irrer schreibt an einen Blinden.* 112 S., brosch., 2011. ISBN 978-3-89086-466-2

Nr. 73 Bernhard Albers: *Der Fall Michael Guttenbrunner.* Eine Verteidigungsschrift. 8 Abb., 52 S., brosch., 2011. ISBN …-464-8

Nr. 74 Joachim Jordan: *«Die Wiederbegegnung mit mir selber»* Briefe von Immanuel Weißglas an G. Baumann samt Briefen von Beatrice Alexiu-Weißglas und Dokumenten. 140 S., brosch., 2012. ISBN 978-3-89086-457-0

Nr. 75 Alfred Gong: *Der letzte Diktator*. Tragödie. 108 S., brosch., 2012. ISBN 978-3-89086-448-8

Nr. 76 Friedrich Kröhnke: *Die Weise von Liebe und Tod*. Eine Novelle. 90 S., brosch., 2012. ISBN 978-3-89086-446-4

Nr. 77 Heinrich Detering: *«Der Tod ein deutscher Meister»* Immanuel Weißglas' frühe Gedichte 96 S., fadengeh. Brosch., 2013. ISBN 978-3-89086-444-0

Nr. 78 André Breton: *Pont-Neuf*. Texte 1945–1954. 156 S., brosch., 2013. ISBN 978-3-89086-437-2

Nr. 79 Alfred Gong: *Nacht würgt Europa*. Tragödie in fünf Nächten. Nachw. Bärbel Such. 104 S., brosch., 2013. ISBN -436-5

Nr. 80 Arthur Bernède: *Belphégor, das Phantom des Louvre*. Aus dem Französischen von Heribert Becker. 372 S., brosch., 2013. ISBN 978-3-89086-435-8

Nr. 81 Bernhard Albers: *Michael Guttenbrunner. Ein Autor verschwindet*. 48 S. brosch., 2013. ISBN 978-3-89086-432-7

Nr. 82 Otto Greis: *Poesie der Malerei*. Aufzeichnungen und Briefe (1952–1999) 66 S. brosch., 2013. ISBN 978-3-89086-431-0

Nr. 83 Bernhard Albers: *Echnaton*. Der Untergang einer Familie. Ein Essay. 64 S., brosch., 2013. ISBN 978-3-89086-453-2

Nr. 84 Hans Dieter Zimmermann: *Französische Hauptstadt, deutsche Provinz*. Marcel Proust und der große Krieg. Bad Kreuznach und das kaiserliche Hauptquartier. 272 S., fadengeh. brosch., 2014. ISBN 978-3-89086-406-8

Nr. 85 Bernhard Albers: *Michael Guttenbrunner posthum rehabilitiert?* 44 S., brosch., 2014. ISBN 978-3-89086-394-8

Nr. 86 Frank Schablewski: *Havarie*. Prosa. 62 S., brosch., 2015. ISBN 978-3-89086-410-5

Nr. 87 Lioba Happel: *Die Feindin*. 70 S., brosch., 2014 ISBN 978-3-89086-404-4

Nr. 88 Lioba Happel: *dement*. 128 S., brosch. 2014. ISBN -396-2

Nr. 89 Ria Endres: *Doktor Alzheimer bittet zu Tisch*. 5 Stücke Zeichn. v. I. Hartlieb. 218 S., brosch., 2015. ISBN -389-4

Nr. 90 Alfred Kittner: *Briefe an Alfred Margul-Sperber*. 1932–1996. Kittner-Briefe Bd. 4. 90 S., bro., 2015 ISBN 978-3-89086-471-6

Rimbaud-Taschenbuch Nr. 88
Redaktion: B. Albers

Abbildung auf dem Umschlag
von Stefan Konrad (7. 1. 2013)

Bibliografische Information der Deutschen Nationalbibliothek
Die Deutsche Nationalbibliothek verzeichnet diese Publikation
in der Deutschen Nationalbibliografie; detaillierte bibliografische
Daten sind im Internet über http://dnb.d-nb.de abrufbar.

Postfach 100144, D-52001 Aachen
Umschlaggestaltung: Jürgen Kostka
Layout: Walter Hörner, Aachen
Schrift: Stempel Garamond
Säurefreies Papier
Druck: Interpress Budapest
ISBN 978-3-89086-396-2
www.rimbaud.de